詩集「三人」

kaneko mitsuharu
金子光晴
mori michiyo
森三千代
mori ken
森乾

講談社文芸文庫

三本の蠟燭《ろうそく》の一つの焰も消やすまい。

原　満三寿（金子光晴研究）

金子光晴と妻の森三千代が四年弱にわたる中国・南洋・西洋をめぐる大貧乏旅行ともいわれる海外放浪から帰国したのは一九三二年のことだった。帰国すると光晴は、「中央公論」などを舞台に詩集『鮫』などに所収される烈しい反戦・抵抗の詩をつぎつぎと発表した。だが、四二年頃から、光晴の詩は中央のジャーナリズムから敬遠され、本格的な詩の発表のあてもなく、詩をノートに書きつづけることになる。四三年には、詩稿を司直の手と戦火から守るために、写本を詩の弟子であった河邨文一郎につくらせた。通称『疎開詩集』という。これらの詩稿は、戦後、詩集『落下傘』『女たちへのエレジー』『鬼の児の唄』などとして刊行される。

その『疎開詩集』の最後にはつぎのような荘厳な跋文が記されている。

「主として戦争中に作られた詩篇をあつめたもの。この時代の困難のために、この詩集は日のめをみないだらう。詩集は朽ちるかもしれない。しかし、詩集にある魂は朽ちないだらう。それは作者の天稟のためではなくて、この魂は人間がみな抱いてゐる真実だからだ。いつかまた人は自分をふりかへる時がくるだらう。それはもはや文学だけの問題ではない。人間の名誉の問題だ。著者」

四四年一月、光晴を中央に引っぱりだした「中央公論」の編集者の畑中繁雄が、戦時下最大のでっちあげ事件として知られる「横浜事件」で逮捕された。畑中の逮捕の報に接して、光晴は恐怖したに違いない。

追い打ちをかけるように、四月に、一子・乾《けん》に徴兵検査の通知が舞いこんだ。乾は、暁星中学を四年で中退し、二年ほどぶらぶらしていた。親ゆずりの喘息持ちで運動ダメ人間は軍事教練に耐えられなかったのだ。自室にこもって本ばかり読んでいた。徴兵検査は、第二乙種合格だった。

この日、光晴は、子供の前途へのひりひりするような不安感を詩にした。

鮫のからだのやうに
ぺらりとむけてゆく
海の曙。

＊「禿」第一節目より

さらに、戦争の不条理を描いた詩をつぎつぎ書き継いでいく。

そしてついに十一月、乾に召集令状がきた。光晴にある考えがひらめいた。乾を病人に仕立てて召集を免れさせてはどうか、と。

応接間の窓を閉めきって、火鉢で松葉をいぶし、喘息を誘発させようとした。パンツ一枚の裸にして風邪をひかせようと、水風呂につけ、洋書をいっぱい詰めたリュックサックを背負わせて深夜の戸外を走らせた。こんなことをくりかえしてやっと喘息の発作をみた。


詩集「三人」の冒頭詩「詩」に……（ボコは乾の愛称）

往生際のわるいボコが

けづりたての板のやうな
蒼白い裸で立たされる。
＊第三節目より

盗まれたらかへのない
たつた一人きりのボコを、
ボコなくては父親が
生きてゆく支へのないそのボコを
父親は喰入るやうにみてゐる。
＊第四節目より

詩「お前を待つてゐるもの」では……（角川文庫『金子光晴詩集』所収）

子一人ではない。百千人の人の子を、
天皇の戦争から奪還する闘ひなのだ。
そして父の武器といつたら、ペン一本。
＊第六節目より

そうやって医師に、にわかづくりの診断書を書かせて、ついに乾の召集を逃れさせた。乾は、そんな光晴の工作に不正義を感じ、同世代にたいするうしろめたさに打ちひしがれた。

畑中の逮捕、乾の召集騒ぎ、しだいにひどくなる空襲、身辺に危うさを感じた光晴は、「この戦争では犠牲になりたくない。他の理由で死ぬのならともかく……」（『詩人』）、と決意して、十二月はじめ、三千代、乾の三人で、山梨県山中湖畔のすでに雪にとざされた平野村〈平野屋〉旅館の別棟に逃れた。眼前に全山雪の富士山があった。富士颪《おろし》にカラマツが鳴っていた。

このあたりはいまでは観光とリゾートの瀟洒《しょうしゃ》な地域になっており、別棟はすでに無いものの平野屋も存続しているが、当時は、厳寒いちじるしい辺鄙な地帯だった。

別棟は安普請のバンガローで、八畳間が食堂兼勉強部屋、六畳間が三人の寝室、それに女中部屋の三部屋だった。障子一枚の向こうには、鈍く凍りついた山中湖が見え、胸をつきあわせるように富士山が聳《そび》えていた。

ここで一家は、約一年と四ヵ月、二冬の疎開生活をすることになる。経済的には、実兄妹が興した化粧品会社モンココの顧問の収入などがあり、作家としての三千代の原稿料もかなりなものがあったから、この頃は、皮肉なことに大変めぐまれていたといえるだろう。詩作、読書、さまざまな食料確保の日々がはじまった。「赤倉のおもひで」という詩があるように、食料調達のために、光晴と乾が長野県の野尻湖近くの赤倉温泉にまで行ったこともあった。四五年三月、乾に二回目の召集令状がきたが、前回同様のにわか診断書で入営を免れた。徴兵忌避はいずれ光晴にも大きなシッペ返しとなってふりかぶってくることだけは覚悟していた。

この月、長女・一子《かずこ》をつれて詩人の岡本潤が疎開先を訪ねてきた。岡本は、息抜きと、少しでも食料が入手できればという望みでやってきたのだった。そのときのことを岡本は日記にこう書きのこしている。(「岡本潤日記(抄)」「文藝」一七四年九月号)

「今日はめづらしく鶏が手に入つたといつて、金子のところでライスカレーをつくつてくれる。昨日とおなじく炬燵にあたり、いろいろ話したり、金子が書きためた詩を読んだりして、戦争を忘れたやうな一日をおくる。金子がこゝへ来てからの詩は二十世紀の隠者らしい気持が独特の言葉で書かれてゐる。いろいろと考へさせられる。かういふ詩が世に出るときは果たして来るかどうか?

十年後、二十年後の日本はどうなつてゐるだらう?・」(同日記、三月十一日の項より)

厳寒には零下二十度の寒さで、四日に一俵の炭が必要だった。雨戸もなく掛布団は吐く息で凍った。インクも凍り、掘炬燵のなかで溶かして使わねばならなかった。詩集「三人」の原本にはインクで汚されている所が何ヵ所かあるが、それは光晴がインクを溶かすのに苛立った痕跡のようにも思われる。

ほとんどの時間を親子三人、八畳間の切り炬燵を囲んで、朝から晩までもぐりこみ、顔と顔をつきあわせて日を過ごした。ときにはささいなことで喧嘩することもあった。思えば、親子三人がゆっくりした時のなかでお互いの存在を強く感じあって生活するのははじめてのことかも知れなかった。

光晴は、それまでの出生、養子の渦中で、ほとんどまともな親子、家族の味というものを経験できないままに生きてきたから、また三千代の何度かの恋愛にも翻弄されてきた(山中湖の時代でも、三千代は武田麟太郎への思いが断ち切れてない)から、特に強く「これが家族だ」、ということを意識しただろう。苛酷な時代なればこそ、よけいにそのことが至上のものに思われたにちがいない。

詩集「三人」は、こうして身を寄せ合った親子三人の疎開生活のなかから生まれたものだった。おそらく戦争の行方も見えないなかで、この世に生をうけてむすばれた親子三人の証として、光晴から、三人の家族詩集を、私家版として一冊の手書き詩集にまとめることが提案されたのであろう。そして光晴が、三千代、乾の詩稿をあつめてみずから一冊の本の体裁をしたノートに手書きした。詩集の構成が詩集「三人」と詩集「続三人」の二部から成っていることから、詩を集め手書きする作業が二度にわたって行われたことが推測される。そうやって詩集「三人」ができあがった、のだと私は考える。

三人ともこれが本になることなど夢想もしなかったに違いない。それが今日まで失われもしないで、古書市に、当時の姿のままで私の前に現れたことは、まさに幻の詩集発見、といってもいい幸運なことだった。

詩集「三人」の光晴の詩は、その七篇が、山中湖時代の詩集で戦後に刊行された『蛾』に収録された。ちなみに『蛾』の主要なテーマは、女・エロスと家族愛で、光晴の皮膚のいちばん弱いところが逆にしたたかな基層となっている詩集である。

左から、森三千代、金子光晴、森乾

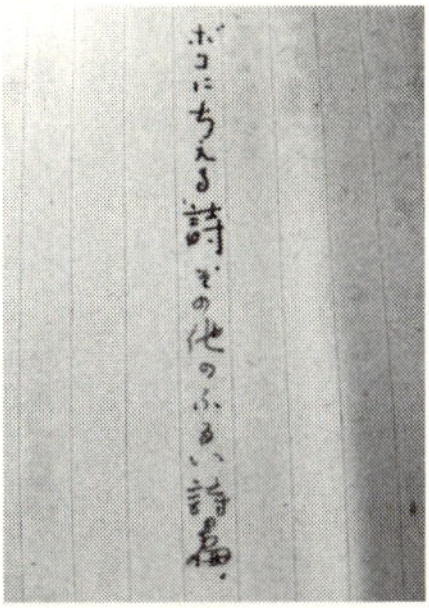

「ボコに与へる詩、その他のふるい詩篇」のタイトル扉

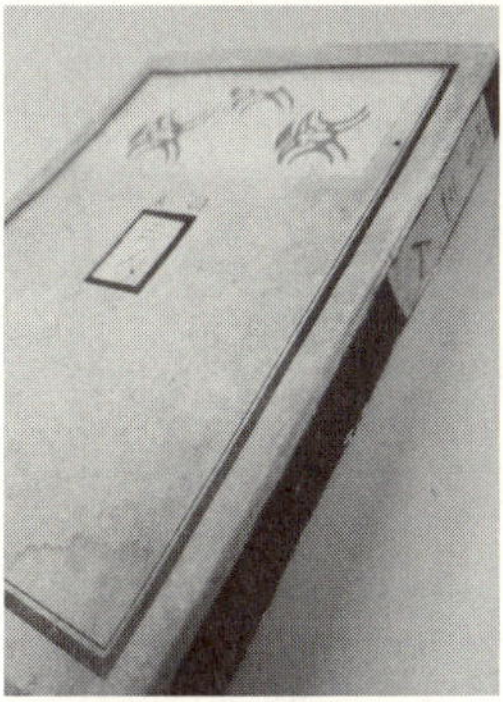

京劇の真っ赤な隈取りのようなデザインが施された表紙。B6判、約200ページ

光晴の手書きになる本文。冒頭の「詩」。中央下辺にインクの試し書きのような跡がある

神奈川近代文学館所蔵

三人の作者それぞれの表記はこうである。三千代の詩はすべて〈チャコまたはチヤコ作〉に、乾の詩はすべて〈ボコ作〉になっている。作者の表記がないのが金子光晴作である。チャコと呼ぶのは、三千代がお茶の水女子高等師範学校の学生だったからで、ボコと呼ぶのは乾が幼いとき、自分のことをボクといえずにボコといったからである。

三千代の詩は、ほとんどが乾にたいする溺愛と心配の眼差しの言葉である。三千代は、ほとんどの文学者と同じく戦争には勝ってほしいと願っていたが、乾に召集が及んで、子供を奪われたくないただの母親になっていただろう。

乾の詩は、考古学や歴史の読書からうけた刺激や戦争への憎しみと父母への愛、そして未来への不安を見つめている。

私は、戦時下に時代の狂奔にかたくなに背をむけて、家族の強い絆と溺愛に近い家族愛をもって戦争に対峙し、詩を紡いだ三人がいたことを、忘れたくないと思う。

詩集の「三点」最終節はこう結ばれる。

戦争よ。

破砕《くだ》くな。
年月よ。
もつてゆくな。

父とチヤコとボコは
三つの点だ。
この三点を通る
三人は一緒にあそぶ。

チヤコよ。私たちはもう
も一つの点、ボコを見失ふまい。
星は軌道を失ひ
我々はばら〳〵になるから。

三本の蠟燭の
一つも消やすまい。

からだをもつて互に
風をまもらふ。

そして最後に私はこう思う。
光晴の詩がいつもそうであるように、詩集「三人」は、人間が肉体から肉体へつながっていくように、肉のつらなりとしての家族愛を同心円として、同心円を手探りにして、つぎつぎに人間の皮膚と皮膚とが触れあって広がってゆく、大きな人間愛にまでいたっていることを、私は見逃したくないと思う。

目次

詩集「三人」

詩

癩の宣告より
百倍もいやなものに、
けものたちのまねきに、

不承知な拉致のまへに、
世界を鬱陶しくする
帽庇のかげに

死の誓約、
うりわたされる魂どもの
整列にまぢつて
ボコは立たされる。

嫌悪でいつぱいなボコが、
自由がなによりのボコが
おしやれなボコが
美は善なりといふ
ヘレニズムのボコが
かつての小紳士が
劇作志望のボコが

喧嘩ぎらひな、柔軟を
堅固な壁にめぐらして
決してまぎれこまない
往生際のわるいボコが
けづりたての板のやうな
蒼白い裸で立たされる。

父親は遠くから
みえないところからそれを眺め
ほゝえんでゐる。
うなづいてゐる。
はらはらしながらみつめてゐる。

日本ぢうの濁流のなかに
一本立つてるほそい葦のやうに
身辺の推移に、いつのまにか
じぶんでしらずに立場がかはつてる
そんな瀬のはやさのなかで
ながされもせずにゐるボコを
かるい喘息のいたつきあるボコを
盗まれたらかへのない
たつた一人きりのボコを、
ボコなくては父親が
生きてゆく支へのないそのボコを
父親は喰入るやうにみてゐる。

そしてボコのかつて言つた言葉を
ボコの脊がさゝやくのをきく。
――僕は助かりつこないよ。
あのてあひときたら全く
ヘロデの嬰児殺しみたいにもれなしで
革命議会《コンベンシヨン》の判決のやうに気まぐれだから。

子と父

寝台のカンボチヤ織りに
子はよこたはり、
タヂマハルの銅盆のうへで
父は、紅茶をつぐ。

夜は更けた。
均衡の破れた時代を

厚ぼつたいカーテンで障《さへぎ》り、
世に、このへやだけには戦争を入れない。
子がさらはれるその日まで
たのしさよ。つゞけ。みだされるな。

褪朱の絹笠をすくおだやかな光よ。
青天いろの英吉利絨氈のふかさよ。
タムの穿いた安南の刺繡靴は
まるい蒟醬《きんま》の箱とともにあり、
金ぴかな塔の冠をいたゞいた
青つつらのプノンペンの面は壁に、
ギラ・フアルギエルの風景とむかひあふ。

子の父が、子の母が、子のために
世界のすみからあつめたおもちや。
にぎやかな影にかこまれて
むかしかはらぬこのへやよ。

たとへ、あすは微塵に砕け散るとも、
それまでは父と子との別乾坤。
一九四〇年代を尻目にかけた
このへやの空気は、正当だ。

夜はふけたよ。
誰もきやしないよ。

誰もうかゞつてはゐないよ。
しづかにその空気を味はふ。

だが、しづかさの間隙に
抱いでからだごともつてかれる
時の韋駄天走りをのぞいて
ふたりはぎつくり顔をみあはせる。

子と父に刻々迫るこの不安のいはれを、
ふたりは、批判する。はつきりすることで
うろたへない覚悟ができるやうに。
子はアリストフアネスをかたり

父はモンテーニユをよみあげる。
しやべり疲れると、子は古レコードをかけ
父は机にむかつて諷刺詩をひねくる。

子も父も、このたのしい避難所吉祥寺一八三一番地のかくれ家の、隔絶した境、芭蕉と玉蘭と木犀と竹にかこまれた応接室にとぢこもつてすごした夜々を忘れることはできないだらふ。これがいつまでもつゞけと子は言ふ。それはむづかしい。常住でも。子が殻を破つてこの住家を出るだらふし、父も死ぬときが来よう。いづれにしても東洋の諺通り、「必ず終あり。」だから。

レコードの唄

パリー祭をかける。
ボコのすきな
パローマをかける。
つぎはホノルルの月。
父はひとりできいてゐる。
ボコをおもひだすために。

しづかな夜ふけ。
ボコとすごした夜同様、
厚いカーテンがさがつてゐる。
だが、淋しさばかりだ。このへやは。
レコードもしぶりがち、
途中で盤もとまつてしまふ。
コブラの燭台も、
ダンテの青銅像も、
支那の隈取り人形どもも
みんな淋しくてたまらないのだ。
かんじんのボコのゐないへや。

父はひとりで紅茶をつぐ。
茶をつぐ音のしたゝりも
凍りついてしまひさうだ。

父はそつと立つてのぞきにゆく
チヤコのへやに。
この淋しさを頒つてもらひに。

机の前にしよんぼり坐る
チヤコのうしろ姿は
もつともつと淋しさうだ。
父は二人分の淋しさを抱いて

言葉をかけずひきかへす。
あ、そのときのことをおもひやる。
その淋しさはどんなかとおもふ。
だが、ボコはまだ家にゐる。
いまのうち、ほんの五日、また三日、
父はまだ、ボコに手が届くのだ。
ボコのつめたい手首をつかみ
ボコの脈をみたり、鼻つまんだり
さすつたりすることができるのだ。

レコードの唄　その二

ボコよ。おまへのすきな
ホノルルの月が
おまへを待つてゐるよ。

ボコよ。おまへのすきな
セント・ルイズ・ブルースが
おまへを待つてゐるよ。

巴里祭が、タンゴ・アルヘンチーナが
谷の灯ともるころが、セビラの理髪師が
みんなで、おまへのかへりを待つてゐるよ。

おまへのむかしなつかしいこゝろを、
かはらず、いだいて、
ひたすら待佗びてゐるよ。
いつまでも。世の終るまでも。

おまへのるすに父は、
そのレコードをそつとかけたが、あ、

たのしい曲もみんな憂ひてゐるよ。

黒い喪服をきたレコードは
闇夜の海をゆくやうに、
あてどもしらずまはつてゐる。

ハワイヤン・ギターは
咽せかへるやうだ。
トロンペットは悲痛でかきむしる。

だが父は、そのメロデイにおもひだす。
いつしよにきいてゐたボコの

そしていまは遠い遠いボコの
針の穴からのぞく小さな姿を。

待つてゐるよ

ボコよ。
おまへの愛したものは
いつまでもおまへを待つてゐるよ。

——十万人の兵ではどうにもならぬ[註一]
とボコが口ぐせにいつてゐたが
そのとほり、

暴力にはかなはぬよ。

父とチヤコとボコと三人そろひの
厚手の紅茶茶椀の
その一つは伏せたまゝ。

ボコとは縁ふかい父とチヤコは
けふからボコを待つだけの
待遠い一日一日を送るのだ。

黄金のシヤープも
革の手袋も、

えびいろの部屋着も
チエツコ革の紙挟みも
ことさらボコのこのみのそれらは
裏切者ではないよ。ひつそり息をつめ
ボコのことばかりおもつて待つてゐるよ。

ボコよ、おまへのなじんだこのへやも
窻《まど》のそとのばらも椿も、木蓮も、
そのまゝだよ。

きちがひどものまきぞへでこの家が
木つ葉微塵に空にとぶそれまでは。

註一　シルレルのワレンスタインに百姓が二三万の兵の駐屯なら反乱を起すが、十万となると、もう静謐にしてゐるより他はないといふ

問答

「あちらへゆけば、またそれで
考へもあちらの考になり、
からだだつて案ずるまでもなく
丈夫になつてつとめ上げますよ。
また、お淋しいのも当座のこと、
月日がなんでも片付けます。

誰もかもやつてることと思へば

それであきらめもつくものです。」

「いや、御もつとも。それが現実です。

人間の適応性といふ奴を利用して

うまく企んだもので。一億人を

たつた三人以外全部懐柔するとは。」

国防服をきたり、戦闘帽をかぶつたりするのを父はひどくはづかしがる。誰一人をかしいとはおもはない世の中つてことを父はまだしらないのだ。巻ゲートルをまくときだつて、びくびくしてる。号令をかけろといはれると父は声が出ない。鉄兜をかぶせると、父はとぼけてをどりだす。鉄砲をかつがせ行軍させたら、父ははづかし死にに死んでしまふかもしれない。このはづかしがりは子にもうつつた。子は、はれがましい仲間入のためにこのごろははにかんで、誰とも顔を合されぬといつて、室のうちにひたがくれ、本と本のあひだを紙魚《しみ》のやうに逃げまはる。銀色のからだをして。

人身御供

地平はくすぐつたい。
天鵞毛《ビロード》のやうに
ゆらめいでゐる。

何万年か、
人間の歴史は
あつちへいつた。

そのはてにむかつて
猫、人類はこつこつと
あゆみつゞける。

芥塚をもやしてゐる
うすばらいろの
その地平に。

ねどこのまはりに
ボコがつみあげた
城砦のやうな本。

そこに書いてあることは、
考は、うづ高い事件は
みなあつちむいて去《い》つた。

東洋も、
西洋も、
そのどつちでもない辺陋も。
トーテムや王統の戦争で、
自由のための戦争で
世界はすこし明るくなつたか。

白起が坑《あなうめ》した趙兵二十万も
十字軍も、紅白薔薇の騎士も、
箒ですてられた。一しよくたに。

だが、ボコはいふ。――むかしのまゝだよ。
星がいざつた丈で数百の犠牲のいつた
気ごころのしれない時代と同じだよ。と。

ボコよ。そのとほりだと父もおどろいてる。
おなじおろかさをくりかへすために
人類はあとからうまれてくるし……。

ボコよ。そのとほりだと父もおどろいてる。
われらのうまれあはせたこの世界では、
何万年前の狂信徒の祭壇がそのまゝだ。

ボコの皮がくすぶる。
父の魂が焦げる。
われらも人身御供だ。

たがひに眼をみかはす
犠《にへ》どものかなしいためらひ。
ごまかされないことは悲劇だ。

富士

重箱のやうに
狭つくるしい日本よ。

すみからすみまで
いぬの目の光つてゐるくによ。

あの無礼な招致を

拒絶するすべがない。

人別よ。焼けてしまへ。
誰も、ボコをおぼえてゐるな。
手のひらへもみこんでしまひたい。
帽子のうらへ消してしまひたい。

父とチヤコとが一晩ぢう
裾野の宿で、そのことを話した。
裾野の枯林をぬらして、

小枝をピシピシ折るやうな音で
夜どほし雨がふりつゞける。
づぶぬれになつたボコがどこかで
重たい銃を曳きづり、あへぎつつ
およそ情ない心で歩いてゐる

どこにゐるかわからぬボコを
父とチヤコがあてどなくさがしにでる。
そんな夢ばかりのいやな一夜が
ながい夜がやつとあけはなれる

雨はやんでゐる。

ボコのゐないうつろな空に
なんだ。おもしろくもない
あらひ晒しの浴衣のやうな
富士。

龍

黄ろい塵が
むんむん舞ひあがる。
黄土がうごき出した。
地辷りのやうに。
ヅックの服と皮の靴。

龍がうごき出したのだ。
いや、はてしのないげじげじだ。
あたまは大行山にあつて
尾は白河口にひいてゐる。

このながむしをうごかすため
百万人がわが血をたてまつる。
おろかな人類の夢が
一匹の恐龍を蘇らすため。

つみあげた玩具の塔をこはす
がんぜない小児のやうに、

地球のうへにつくつた文化を
ねこそぎひつかき廻すために。

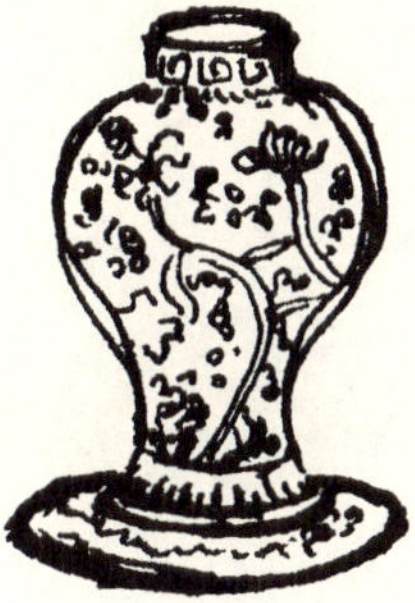

ケンコーと云ひくらい世なり
明るいと云ひ文士はうそを書く
僕は千度も戦争を考へる
　これが戦争だつた

戦争

敵も、味方もおなじやうに考へる。
「かたねばならない」と。
「かつためには、ほかのことは

まづ二のつぎ」と。

それから、女々しい敵愾心といふやつ。
新しい女にうつつた時の身勝手で
こんどこそほんたうの心だとおもふ。

戦争にいぢめられ、ひきずられ、
どうにもならぬ土壇場でおもふ。
「かたねばならない。」と。

大はゞな死。
良心の鈍磨。

戦争がどこかで
歔欷《すゝりな》いてゐるよ。

めちやめちやななかで
蚊のやうにないてゐるよ。
飴になつた、へなへなな鋼《はがね》、
火文字のたゞなかで。
血みどろ血《ちん》がひな科学。
照明弾にうく落下傘。

わくら葉、すきとほるわが肋。——あけがたの別離よりかなしい
唄よ。
死にたはむれる愉楽の一瞬よ。

「かたねばならない」絶望のうへの陋路《あいろ》の意想が
支へてゐるこのスペクタル。

鉄瓶も火鉢も釘も、金火箸も、
鋳直して軍艦や大砲にするやうに、
人間も考へたり、味つたり、生活することをやめて
一つの型につくり直す。戦力として送りだすため。
十九歳のボコも。

五十歳の父も。

密通よりもすて鉢な、
破廉恥な強引を
ヒステリックな戦争の美徳を
父はなにもしらないボコに、
たゞ不当におどろいてゐるボコに
しらせるのさへはづかしいのだ。

あそび

チヤコ作

『猫と鼠』は『小紳士』で
読んだ人は
もう誰でも知つてゐる。

あれから
『公園』の気取り屋の少年になるまで

その少年から
今日の無暴な壁に直面する
青年のボコになるまで

ボコは
つぎつぎに新しい遊戯を発見した。
その遊戯にはいつもチヤコを一寸困らせ
くすりと笑つてゐるボコがゐた。

カール
これはボコの虎語だ。
なにをいつてもカール

なにをきいても、カール
「カールつてなに？
はつきり返事をおしなさい。」
「だつて虎語だもの。カール」

「出掛けようぜ」
といふのがあつた。
明るい燈火と遠い電車のきしみ
静かな夜だ。
火鉢に火がかん〳〵おこつてゐる。
ボコは『小さな聖女テレジア』をよむ
チヤコは原稿だ。

だが、何かしやべりたくてならない。

ボコはフーツといふやうな息をつく。
グ、グといふ音をさせてのどを鳴らす。
チヤコはボコの方をむく。

雑談がはじまる。

やがてお互に気がついていふ。

「出かけようか」

「うん出かけよう」

アンフアン・テリブルの姉弟をまねて
静思と沈黙のなかへ二人は出かける

あ、それから蝿ごつこ。

ブンブンブン
ブルルルル
顔中を唇が匍ひ廻る
ブルル
どこかで蠅がとまる。
耳だつたり、目だつたり、おでこの隅だつたりする
蠅になる方が有難いのだ。
止まられる方はむづむづだ。
ずるいボコは、いつでも蠅になる番だつた。

ボコはたくさん本を読んだ。語学をやつた。
ボコの頭の中は、イギリスのバラ戦争が

支那古代史が人類の創生紀が
イプセン劇がラシーヌがコルネイユが
五ケ国語の単語と一緒にをどりまはる。
わけても造詣ふかい考古学が。
学者のボコは言ふ。
「僕は世界をまはつたあとで
ミイラを一つどうかして手に入れ持帰るのだ。
チヤコの部屋に飾つてあげるよ。」
チヤコは身ぶるひをする。
そんなものがいちばん嫌ひなのだ。
気味悪いのだ。
「ミイラだけはごめん、ごめん。」

若竹のやうなボコが
沸立ての泉のやうなボコが
二十歳のボコが
未来のあるボコが
モウリス・シユバリエふうな口をしたボコが
××にゆく。
『山師トマ』となるには真面目すぎるボコが
ラヂゲのやうに死の床のうへで
神の兵隊を夢うつつに描くこともできないで
冷たい、しつかりした意識で
のがれやうのない運命をみつめてゐる。

忘れようとし、
忘れたと思ひ、
いまはいつものつゞきだと思ひこまうとしてゐる時
不意に時計が一つ打つやうに
暴力がボコをよびさます。

それがチヤコにはわかるのだ。
それをみてゐるのはつらい。
ボコはひたかくしにかくしてゐるが
ボコの悲しげな眼がそれを語つてゐる。
せめてあの世界へ戻らう。

『猫と鼠』は。
虎語は。
蠅ごつこは。
「出かけよう」をやらうよ。
ミイラでもつといやがらせてもい丶よ。
「ミイラはほんとうは嫌ひなんだよ。
あんな嫌ひなものはないのさ。
嫌ひだから、わざと言つたのさ。」
さう言つてボコは、にやりとした。

人類

ボコ作

蒙昧な類人猿《アンスロポイド・エイプ》の群
第四期氷河期のヒュアデス星団[註一]の閃光から
ふしぎな胚種が生れた。
プライオピテクス。
プライオハイロパピテクス。
ドライオピテクス。

パレオピテクス。
シヴアピテクスｅｔｃ[註二]

かれらはまがつた足で
それ〴〵の方向へあるく
といふよりも、匍ふ。
長ひげの木鼠や
ロイド眼鏡のレムール[註三]の住む密林へ
あるものはツンドラにメルク犀や古代象と戦ひ
にはかに襲ふ寒気に一種族全滅され
あるものは、洞窟の奥に辛くも生きながらへ、
石をけづり、石をみがいて

じれつたいほどな進化の幾世代
女神達[註四]の気まぐれで、ながらへたものが
旧石器のながい夢をもちこした。
茫漠たる過去帳よ。

黒粘土、寄洲、赤褐色土の正しい堆積は、
石剝や、柳葉鎗[註五]の原人たちの
一つ一つのノアだつたのだ。

二

蜂の巣をついたやうな
ホモサピエンス[註六]の散乱だ！

サンタルデル[註七]の浪際近く
野猪と糧を争ふ
三角石をもつ裸の曙人と
西班牙《セニョール》武士の槍ふりかざした相貌と
どれほどのへだたりがあるか。
赤鹿、馬、野猫、穴熊。
泥炭層の人は、殺し、生肉を裂き、食ひ
子供の骨と並べてわが骨をのこす。

北海の屍衣を蔽つた峡湾の蔭に、
貝塚人種の親は、子に伝へる。
大漁と濃霧の怖しい神秘をしる

ながい口伝と、タブーの数々。

死んだ酋長の磨いた石鏃の幻影が
洞窟の枕がみをよぎるとき
人はわなゝいて起上り
亡霊の力を怖れて蒼ざめた明方
必死になつて墓のうへに巨石をつみあげ
山猫の皮で包んだわが乳児を
犠牲にして焔でやく。

フリント斧[註八]や石槍で敵なき
湖上住居者たちも

よなよな夢におしよせる
不可知の攪乱に心狂ひ
スコルピオ[註九]の予兆を示す僧の杖に
あまたの女達の生血をしぼり
それをすゝるのだつた。

みわたすかぎり荒廃した巨石墳にのこる疑問の百千の死は、
もはやレムール共もしらぬ迷妄の思想。
不可思議な意志がうけつがれ
幾百の国家となつて地上にひろがる。
無目的の残虐の無数のタンタロイ[註十]。
モクロリツト[註十一]を神聖化してダーウヰンに教へた

マグレモーヂアンのアルコン達[註十二]の信念はそのま、、
ストレーゼ会議の被問責者[註十三]や
ハイラシエ・シエラッセの敵[註十四]のゲマスの信条となつた。
さては再度のヹルダン、タンネンベルヒ、そしてマルヌの反撃[註十五]に
　いたるまでの結着ない三部劇。
ラテーヌ期[註十六]の老若の殉死する奴隷の戦慄はいま、
化学薬品でさく裂するホモ・サピエンスの
ばら色の肉を走る。

註一　冬の星座
　二　原人

三　狐猿
四　ギリシア神話運命の七女神
五　中石器代の武器
六　現人類
七　スペイン西海岸新石器代の古墳あり
八　新石器代の武器
九　蝎座、少年フエートンを殺した怪蝎
十　希神、肉身相殺呪の一家
十一　中石器代の巨石器
十二　アルコンはドリス語で酋長
十三　ヒトラア
十四　ムツソリーニ
十五　一九一八年ドイツは聯合軍の逆襲により敗北した
十六　欧州の鉄時代

夢魔

ボコ作

その男は、私にはわからぬ姿をしてゐた。
肩のいかつた、がつしりした胴が
えたいのしれぬ嫌悪を私に抱かせた。

途中の路はたのしかつた。
青い長マントの王子達や

かあい、森の精達が
メロデイのやうに私の心ともつれた。

華やかなイルミネーシヨンの配列が
心が不安になつてくるほど
かさなりあつてくるくると廻る
のぞき眼鏡のやうな夜の街。

みしらぬゐなかからきた私は
たゞ眼をみはつて驚歎した。
ジヤズ太鼓と、
未来派の入れみだれ。

だが近代のヴアリエテが
抑々格《ティル》や揚々格《スポント》の詩格分解で成り、
神経的なピカソの顔が
想出の古大家の悔恨に似るとわかつたとき、

私はやつと、私をとりもどした。
そして私もその一人の仲間となつて
未来の花の奇怪な蕾を
わが幻想と智慧で培ふとおもひ立つた。

その有頂天のさなか、私は、そのときまで
忘れてゐたつれが私の腕をひつぱるのをおぼえた。

さうだ。私はつながれてゐたのだ。
私ののぞみとは逆な、くらい谷間につれられる途中だつたのだ。

詩集「続三人」

——チヤコに——

――裏富士にて

あみの目からぬけた
小ざかなのやうに
ボコは泳ぐ
銀のうろこを閃めかせ。

白樺と、
すゝきの穂のあひだの

氷るまへの湖。
はだら雪の道を
ボコがさまよふ。
ボコの胸に抱いた
La nouvelle Héloïse が。
若い、絶望から立直つた
しづみがちな歓喜が。
ボコは立どまる。
そのうしろ姿が吐く
白い呼息《いき》は、
寒林にかかり

水のうへを
ちぎれてとぶ。

ボコはみあげてゐる、
雲に吸ひあげられた
水柱のやうな冨士を。
また、ブリキを張めぐらして
どぎつく反射《てりかへ》す冨士を。
峻しい、冨士を。また
襟白粉をつけた
じだらくな冨士を。

政治に利用されぬ
もつと素朴な富士を。
あのすなほな完成を
ボコはながめつゞける。
父とチヤコは、
そのあとについてゆく。
この生きてゐる眼で
ボコをみることのできる
そのよろこびだけで。
そのよろこびを分りあふのは、
父とチヤコと二人だけだ。

その以前も荒寥としてゐる。
そのあとも荒寥としてゐる。

父とチヤコと離れることがあつても、
二人ともそれ〴〵不幸だらう。
父は他の誰とも、
そのよろこびを語りあへぬし
チヤコもむなしく墓まで
その愛を抱いてゆかねばならぬ。

歴史はあゝ、
なんとむなしいことだ。

あれらのあとで、猶、
よそごとの一億年がつゞく。
人よ。なぜ人生を惜しまない。
こまやかな人間の生を、
なぜもつといつくしまない。
夜々、重い爆弾を抱いて
人の街のうへにはこぶのは誰だ。
また、誰のために何をまもるか。
むなしいもののためのさらに
むなしいあらそひよ！

チヤコよ！

あの小魚をよくみまもらふ。
気をゆるしてはいけない。
つぎのあみ目は
もつとこまかいのだ。

三点

父とチヤコとボコは
三つの点だ。
この三点を通る円で
三人は一緒にあそぶ。
三点はどんなに離れてゐても
やがてめぐりあふ。

三人はどれほどちがつてゐても
それゆえにこそ、わかりあふ

危いバランスの父とチヤコを
安定させるのはボコの一点だ。
異邦のさすらひは
ボコにはなれてゐる悲しさ。

父とチヤコのこゝろは
すさみはてた。
長江の夕闇ぞらの
まよひ鳥の声をきゝながら

星州坡《シンガポール》の宿で、
枕を並べて病みながら、
トラウビルのマンサルで
水ばかりのんでしのぎながら
父はチヤコをうらふと
たくらみ、
チヤコは父から逃れんと
うらはらな心でゐた。
だが、一万里へだてた
遠いボコの一点が許さなかつた。

三点をつなぐ大きな円は
地球いつぱいにひろがつた。

ニツパ椰子の葉をわたる
夜半のしぐれのなかに
父は、ボコの声をきいた。
それはバツパハの河口の泊《とまり》。

ケイ・フラマンの鎧扉の内で
チヤコは、ボコの夢をみた。
悪夢のやうな夜の船出で、
まつしぐらにチヤコはかへりついた。

三つの点はちゞまつてゆき、
ぢれぢれと待焦れつ、
やがてしまひこまれた。
小さな一家のなかに。

父は毎日、本をよみ、
チヤコは原稿にむかひ、
ボコは脊丈がのびていつた。
三点を通ふ円は、——愛
この運命的なつながりを

世俗よ。
ふみあらすな。

戦争よ。
破砕《くだ》くな。
年月よ。
もつてゆくな。

父とチヤコとボコは
三つの点だ。
この三点を通る
三人は一緒にあそぶ。

チヤコよ。私たちはもう
も一つの点、ボコを見失ふまい。
星は軌道を失ひ、
我々はばら〴〵になるから。

三本の蠟燭の
一つも消やすまい。
からだをもつて互に
風をまもらふ。

床

金の枯草床は
狐の敷皮のやうだ。
ボコよ。
ふかふかと身を横へよ。
ガラス箱に入れた
無きづなそのこゝろを

あたゝかな日だまりに
そつと置け。

チヤコは、ボコがせめて
蕩児であつてくれたら
苦悩を委せておけたのにといふ。
気むづかしいボコは
好みどほりに生きようとする。
こんな困難ばかりの時に。
きらひないきかた許りの時に。
ボコよ。

身にある世代の苦を
必死に近よせまいと支へた
その固らない筋骨を憩《やす》めよ。

ふかふかとした冬の晴天。
あのそらのなかで、
マッチはひとりで燃え、
私たちの指は金に染る。

雲霧のなかを迷ひあるき、
ときにはちぎれちぎれになり
雪を挟んだ縦襞の

峻しい嶺々が、
ときには無窮にむかつて
奔りあつまつてゆくかとみえた
私たちをかこむ山々も、
けふはらくらくとそのうへに
ひぢをまげてねられさうだ。

山山のそこの湖も
さざなみ一つたてず
燻《いぶ》つた銀盆が、そこに、
すてあるやうだ。
ボコよ。そのうへでもいゝ。

おまへを抱く自然に甘えて、
しづかに瞑れ。しづかに。しづかに。

チヤコに――

わが生涯の終末近くきて
私はふりかへる。その生涯に
もう一つの生涯の重なりあふのを。
喰ひちがつた写しのやうに。
それは奇妙なアラベスクだ。
あけがたの草原のやうに寝乱れた

さはやかなかなしみの霧をこめた
えもいへぬやさしい夢に似る。

チヤコと私がえがいた二重奏だ。
この自然のもつれを、譜を
誰もときほぐすものはない。
誰もいとぐちをさがすものはない。

茫々たる無窮のなかで、
孤独な人類たちは
途方にくれたやうに眺める過しかたの
むなしさに似た哀婉なこだまを。

あやまちのみがしるふかさと、
花さく訣別のきよらかさと、
またきのふのこぼれ日と
ふれあふ手の仄かな温《ぬく》みを。

これなくては、フイレンツエの詩人も
へめぐれなかつた「地獄」を
支へあひつ、私たちは、
心わな、きつ、通りすぎた。

私と出発したとき、チヤコは、

橄欖色の袴を胸高にしめ
校舎の窗から飛下りた。
腕白娘のやうに。

チヤコは金泥。
香木に刻むすがた。
龍女の眸。
花ならば、桐の花。

灰汁《あく》にみがかれ冴える瑩《たま》のやうに、
チヤコの心は清澄《すみ》わたる。
ストロンボリの火で、

エスコーの泥で。

人のこひ人だつたり、配偶だつたり
また母だつたりしたのは過去。
いまは、チヤコなのだ。
チヤコのほかの誰でもない。

チヤコと私の過した二百四十ケ月が
あ、その半生に余る日々が、
うはの空のものだとしても互に悔いまい。
私達には、極印の仕事がのこる。

私達の労作が、頭のふけのやうに
かき散されるにすぎぬとて落胆すまい。
私達にはボコがある。
かけがへのない宝がゐる。

私達がつかひへらしたとおもつた人生を
すこしものこらず、ボコがつかんで戻した。
私達が老いて辿りついた所から、
二十歳のボコが出発する！

チヤコよ。みよ。ふたりが描いた
足跡の花文字も、

それをえがいたのは他ならぬ
無心のボコだつたのだ。

湖水

ぼこはみてゐる。
チヤコもみてゐる。
けさ凍つた湖水は、
もううごかない。
ラムネ玉のやうだ。

チヤコは辷つてゆきたいとおもふ。

ぼこもさうおもふ
だが、ひそかに……。
ぼこは寒がりなのだ。

厚い氷板の下は、
乳いろに煙る。
死者の眼のくまのやうな
底ふかいみどりいろ。
その底を水が支へ、たえず
水が曳づられてゐるのだ。
ぼこよ。この氷盤を二つに割るものは、
めぐりくる春より他にはないのだ。

——戦争は慢性病です
と、コットさんはいふ。
——冬の次には春がきます。と。

ぼこよ。信じて春を待たう。
だが、正直のところ、この冬は、
父やチヤコには長すぎるのだ。
ぼこにはとりかへす春があるが、
父やチヤコにはよその春だ。
一度しかない大切な人生を、
吹荒れた嵐が根こそぎにした。

コットさんはながいからだを
風邪で、床によこたへてゐる。
米ありません。
薪ありません。

いま、世を荒掠してゐるものは
無だ。
杪《こずえ》に嘯き、虚空に渦巻いてゐるものは。

日没は弱日で枯林を焼く。
くれかたの風はいたい。
すきま風もる障子をしめて、

ボコはきいてゐる。
チヤコも、きいてゐる。

不安定な湖の氷が、
風にゆれてきしみながら、
吼えるやうに泣くのを。
洞窟にこだまするやうに
氷と氷が身を悶える声を。

雨が降る

チヤコ作

雨が降る　雨が降る
さゞ波立つみづうみのおもてをこめて
雨が降る。
静かな秋の水底に
冷え冷えとおちこんだ山影を浸して
雨が降る。

わたしの子供に
この雨の湖をみせてやりたい
わたしの子供
たつた一人のわたしの息子。

小さな雨傘の下にちゞこまり
ゴムの雨靴でぬかるみ道に跡をつけながら
はだかの落葉松林の長い長い
湖畔の道を私は行く。
旅立つ子供の上を思ひながら
あとにのこる自分のことを考へながら……

死神の鎌で刈り取られるやうに
いやおうなくもつてゆかれるわたしの子供
しなやかな肉体を祭の庭に曝すために
連れてゆかれるわたしの子供。

たちまち私の目は
私の胸は　からだぢうはをののく
白樺の冷たい肌に吹雪く血しぶき。
雨に燃え立つもみぢの深紅なのだ。

白樺の肌、白い肌
お、　わたしの子供よ、

すくすくと人となつた傷一つないまつ白い皮膚の
わたしの子供。
長い落葉松林の湖畔をこめて
雨が降る。
雨が降る。

チヤコはをどる

チヤコはをどる。もんぺをはいて。
くらやみでスリツパをさぐるをどり。
大きなヅボンがぬげてくるをどり。
われら三人の住む家は、飛びゆく。
こな雪のふる夜闇をこめて、

湖をこえ、はるかに山河をこえて、
また、戦争の国々をこえて
国境のない人間の団欒のはてに……。

ボコがそばにゐてかけるレコードがすべてを忘れさせる。
そのレコードを父は爆弾の下から背負つてきた。

人類は寒さや饑や、平和の建設のために戦ふものだ。
父は責任をもつてさういふのだ。チヤコもボコも、
こころおきなくこの時代の制限を無視し、はめをはづせ。
警報など、ジヤヅでかつとばせ。

敵機の爆音など、意にも止めるな。

(戦争をはじめたおろかな国民どもの一人一人に責任があるのだからな。)

雪

鼠色の雪が
匍ふ。
空間を攀ぢのぼつて。
雪はそらを埋める。

きえてゆくやうな雪。
こまかい雪が、

そのふかさに
落込んだやうな静さで、
東西南北をとざす。

雪よ。
ふりこめよ。もつと。
父とチヤコとボコの三人は、
雪でつぶされさうな小屋の
薪火をかこんでぢつとしてゐる。
隣家からもへだてる
この大きな安堵のために
雪よ。もつともつとつもれ。

雪よ。虱のやうに
世界にはびこれ。
そして音信不通にせよ。

父は、戦争の報導と、
国粋党達から
母は、虫のよい
無思慮な文人達から
そして、ボコは、あの陰惨な
非人間な国の義務から。

赤倉のおもひで

うすい毛布をみんなでひつぱりあふやうに、
雲煙が、かくしたり、現したりする。
一本の白樺《しらかんば》と、
まつ白なマーガレット。

軒いつぱいの燕は
さへづりたてる。

こぼれおちてきたものは、
身をかへして霧にとびこむ。

ボコよ。この高さまでは、
さすが戦争も届かないよ。
海底から錨をひきあげるやうに、
われわれは自個をひきあげる。

高さのうへの高いところで
きりきりまはる風見車よ。
われわれはたがひに
高所にゐる尊厳を保たふ。

あ、首でもすげかへたやうに
こ、の風物は新鮮ではないか
こ、ではまだあの汚れた観念に
しみついたものはなにもない。

日本だとか。国のほこりとか、神とか。
まして、殉国とか。報公とか。
霧のどこかで杜鵑が鳴き、
晴間から照返す金の柄鏡——芙蓉湖。

ボコに与へる詩、その他のふるい詩篇

自転車

チヤコ（旧作）

驟雨のあと
矢ぐるまの花のなかの
午前十時の太陽、
川柳やポプラの茂みふかい

郊外の低い塀沿ひに
児を抱いて私は
下ばかりむいて歩いてゐる。

父よ。母よ。
私はまだ〳〵弱りはしません。

旋風のやうに自転車が
泥をはねてそばをつきぬけた。
私は、はつとして児をかばひしめた。
生活はいつもこんな風に
私をおびやかしてすぎるのだ。

ふりあふいだ。
銀のかもめが二羽
大空の海を高々と渉つてゆく。

坊や

チヤコ

坊やの書いていつた兵隊さんは
帽子が横つちよになつてるのね。
坊やのいつたあとで
障子の桟に
白い包み紙のまゝのキヤラメルが一つ

のつけてあるのをみつけたのよ。

坊やの乗つたお船はどんなに大きかつたこと？
そして、お船は揺れたこと？

坊やのお船に乗つた夜は
母さんも同じやうに不安な波に夜つぴて、揺られてゐたのです。

今朝、長崎の港に上陸して
第一番に誰に抱つこしたの。

ながい間、隔つてゐたおぢい様やおばあ様

そしてまだ年若い叔母様たちに
いちいち挨拶してゐるちひちやなお手々

坊やはいくつと聞かれた時に、忘れずに
「みつちゆ」と言つたでせうか。

けふ街を歩いてみると、
どの子もどの子も坊やによく似てゐるやうで
ほんとうは、ちつとも似てはゐないのです。

ひとりで家にかへつてみると
坊やの書いた兵隊さんが

誰よりも坊やによく似て見えるのよ。
私は、障子の桟のキヤラメルを
そつとつまみあげて、また、もとの通りに置きました。

恐怖の海

――坊やに与ふ　　チヤコ

一本のしがあのやうに
煙をひいてゆく船もない。
まつ黒く傾いた捨船のかげから、不意に湧きあがる海。狂つた雨雲の下の展望は、けふ私にとつてなんといふわびしさであらう。
ふかくふかく砂を掘つて、そこにうづめてしまふほどのどんな過去が私にあるといふのだ！
砂を掘るのも止めよう。
黄ろいしめつぽい砂の膚にぴたと頰つぺたをあてて、
頭より高い、くづれる波の壁をみてゐるのだ。
寒いやうな恐怖がおしかぶさつてくる。

それもほんの瞬間で、あとはずるゞとあの中へひき込まれてしまひさうだ。
頭より高い波の下で私はもがいてゐよう。
てのひらにねばりつくやうな砂を、両手でひつかいて噓唏《すゝりな》きたい。

かつて海は日曜日、

私のヨットは快速力で
気象台は快晴の赤旗を、大空の中に一ぺんのひなげしよりも鮮かにはためかした。
その日 海は私にとつてよく作《な》らんだ安全なグラウンドにすぎなかつた。

それだのに、今日のこの粘土色の海は恐怖！
世界の怒りをこめて私にむかつてくる。

坊や。
私はすまないとおもふ。
おまへが私から別れていつたとき

関門の海峡の夜に
——水のあるお船は怖い——と泣いたことを。
坊や。私はすまないとおもふ。
そしてけふ、私は、おまへとおんなじやうに海が怖いのだよ。

だが、海は、いつも日曜日ではない。
坊や。生活はいつまでも、お前の玩具のお船ではすまないのだよ。

あらしになる夜のはじまりだよ。
坊や。おまへはもう眠つたであらうか。

柿

チヤコ

光が漲つてゐる空、
その下に白い石の塔がある。
大鴉が一羽
おほきく羽うつて止る。
塔のうへに、その嘴でつゝきつぶされた秋の太陽。

○

小児よ。
一秒づつが
お前から私をへだてる。
別れてくるとき
おもはず吸ひこんだ
おまへの息が
いま、一つの完全な薔薇となつて

あまいにほひで私の心を包んだ。
私は小さな掌の感をおもひながら
つかのまの別れの東京をふりかへつた。
その闇の空には
高層建築が、
瞬間の花火のやうに
浮き上つてゐる。

聞えるかい坊や（爪哇《ジヤワ》にて）

チヤコ

私の馬車は　くらい堀割に沿つて
鈴をしやん〳〵鳴らして走る。
蔽ひかゝる椰子の葉が
ひつかいてゐる南方十字星の下。

——向ふからも馬車がきましたね。

あのカンテラが旅人の眼のやうにやさしくみえるのは
私の心が長い旅で疲れてるせいかしら。

今夜、わたしのこゝろは
故郷にのこしてきたあの小栗鼠をぐつと
抱きしめてはなすまい。
――坊や 坊や、ほら、聞えるかい。
トツケイが闇に鋭く叫ぶのが。

サゴ椰子に聞く言葉

チヤコ

サゴ椰子よ。
わたしはいつたい、どんな悪いことをしたのだらう。
おまへは知つてゐる、
わたしのしたことを。

サゴ椰子よ。
おまへはみてゐた。
ゆうべ、庭を歩き廻つて
ねられなかつたわたしを。

わたしが庭へ出たのに驚いて
蝙蝠がつかんでゐたサオの実を落したことを、
わたしがそれをひろひあげて
軒端をみあげて立つてゐたことを。
さうして、蝙蝠に返してやりたいと
夜空のなかをじつと待つてゐたことを。

サゴ椰子よ。
おまへはみんなしつてゐる。
黙つて空をみてゐた私の心を。

サゴ椰子よ。
サゴ椰子よ。
わたしはかへれない。
わたしの坊やのゐる、あそこへ。

臨終の章

チヤコ

（生きてゐて死に直面するやうなことがないと、どうして云へませう。そんな時をおもつて私は、この詩をつくりました。）

一枚のマントを羽織つて、雪の上をさまよふ。
まだ降りしきる
牡丹雪。

マントの下で私の乳は凍るおもひ。
こんな晩、私は、ギヨンをまねて
私の愛したものたちにのこしてゆく
遺言を書かう。
私の貧しい形見わけを。
Hさんへ。黙つてゐるダイナマイトのやうな追憶を
未来に仮想するこひびとへ。私の半分燃えた蠟燭を。
私のお母さんへ。まだ若い、私の髪の毛一握りを
私の妹ハコちやんへ。私の蛇の皮の靴と、銀の耳かざりとを。
私の最愛の坊やへ。
……多分、私のもつてゐるものは、なに一つ、おまへに用はない
　だらふ。

おまへは、おまへの時代の先頭に立つ一人の旗手であることを。

合唱

ボコ作

はやり唄を口づさんで、うきうきとして歩いてゐた僕が
町角をまがるとき、きこえてきた悲壮な軍楽隊に
いつしか歩調をあはせて、粛々として歩いてゐた。

人間を導いた五千年の使嗾者は、王でもない。
英雄でもない。宗教でもない。たゞ韻律ではないか。

人に矛をもたせたのも、唄ではないかとおもふのだ。

もう考へられないくらゐ遠いむかしから、
人類の歌はきこえてくる。雨だれのやうに哀しく。
世界のはてから、タスマニアの蛇鼓を叩く音が。

犠牲を前にした尊大なアッシリア僧の低唱が、
獅子のまへに投げられたキリスト教徒たちが、
あくがれる眼をあげて、天上にきいた楽の音が。

ハレムの蒸風呂にきこえるアレキサンドレス的な笛の音が、
中世のながい暗黒の底にうなるオルガンの音が、

政乱につかれた大印度の、街頭のこぶらの曲が。
質朴な田園の輪舞の歌が。ケルメス祭が。
ドナウの流れや、地中海の波濤にあはせた音楽が、
十九世紀の欧州のあへぎ、メッテルニッヒの夜会の旋律が。

破陣楽が、趙飛燕ををどらせた帰風送遠が、
尺八が。蛇味線が、樽をたゝく音が、
ウオルツが、マルセイエーズが、ガボットが。

あゝそれから新大陸の天地から、一流の晴舞台に、
黒人たちの尻ふり踊りが登場した。

そしてまた、くまに、世界を白夜にした。

いまこそ、二十世紀の中ば。僕たちの世界は、
物質がをどり廻り、地をくぐり、天を駆ける。
弱々しい音色や、余韻は中断され、

トロンペットは轟音の空をつんざき、
サキソフオンは大西洋の曙をむかへる。
野蛮の快調と、たゞれるやうな魅力。

爆風と、機関銃の下に、日に日に、
人身御供になる人よ。都会よ。文化よ。

破壊のよろこびのみを夢みるものよ。
世界の人々を戦場に送つてゐるものは、
君たちの血が愛着する愛国の歌調《しらべ》。
あの単調な喇叭のひゞき丈ではないか。

三人の仲間

ボコ作

こんなに一致した他の何ものもない。
今ではもう、誰が先に生れたのか
恐らくは分裂したアミーバのやうに
一緒にこの世に生れ出た吾等親子三人が
細かい神経でそれ〴〵他の二人をきづかひ
離れまいと一生懸命で

この寒い夜を抱きあふ
けんくゝがくゞくの争ひ、この世かぎりの乱闘
だが、次の瞬間には眼を見合せての微笑。
〝もう喧嘩はしまいね。〟
だが、したつてい丶のだ。
小鳥が互に背をすりあつて羽虫をとりあふやうに
三人の仲間にとつて
それは憂ひ、やるせない今を忘れる
このたまらない外界の大きな圧迫の
唯一のはけぐちをみいだしあふすべだもの。

庇の街と平行線の街

ボコ作

私は町の家庇の看板をみあげ、
うへばかりむいてあるいてゐた。
大きな鯛がはねてゐた。
鮮魚、御料理仕出し、魚新。
そのとなりは、御菓司舗船橋。
喫茶部もある張出しには、

しゆう竹の植鉢がおいてある。
が、葉はしもげ、ぱさ〱になつてゐる。
ハンサムの若者の緑のソフト、
スポーツ・ハットの令嬢たちが、
のみものに、軽い疲れを休めながら
話してゐるだらう。音楽《レコード》もきこえるやうだ。
子供たちの前には旗を立てた子供ランチ。
そのとなりは、靴店、小間物店。
流行の氾濫。つきない商品の山。
鈴蘭燈の横丁にでて、擬ひ洋館の
舟のやうな丸い窻。色ガラス。
どこまでいつても終りのない

商店の町、資本競争の、
花のさかりのやうな町。
だが、私がそのかへり道、同じ町を
目の高さを眺めて通りすぎた時
そこにみいだしたものは五年以来、
戦争のためにぢり〳〵と追ひつめられた
空家のやうなみじめな家々であつた。
靴屋も小間物屋も、大かたの家は閉ぢてゐる。
喫茶部はとぢ、下はがらんとして、
雑炊食堂にかはりはてて、
つぎだらけなカーキヅボンの列が
一杯のとぎ汁のやうな昼餐を求めてつゞく。

「手荷物一時おあづかり所」の隣では、
転業した魚屋のおかみさんが、
声をひそめて、昨日の空襲で
首のとんだ娘の話を噂してゐる。
きいてゐるのは栄養不良な、
産業戦士の一家の老母。
その先の家の門口には、
一ぱい紙旗をさした旗輪をかざつた
祝出征平田文蔵君。
ジイドとヴレリーの仏文科生は、
呆けたやうなおどついた眼を
日にやけた落くぼんだ眼窩に光らせ、

人足のやうにでろでろな服をきて、
ひもじさだけでうろつき歩いてゐる
突如！ 荒廃の街の一角から
わきあがるラヂオの一億特攻隊の合唱
あ、さうだ。戦争だつたのだと、
あはててふりむく私を、突飛ばすやうに
栄養のい、赤い丸々と肥つた、
うれしくてたまらぬことのあるやうな
片頬笑みをうかべた将校マントが
ピカ〳〵みがいた長靴をふみならして
追ひこしてゆく。むかうからもきて、
〝結構な世の中ですな〟といつたやうに

一寸手をあげて敬礼しあつてゆく。
私は茫然としてそれを眺めてゐた。

三月一日はボコの誕生日

数多くの旅をおもひだすよ。
ボコは詩人の顔をして
さういふ。

とび去つた昔は、
みんな美しい鳥だ。
いまはどつちを眺めても

鴉ばつかりの天下だ。

二十歳のボコがもう、
としよりのやうに繰言ばかり。

ボコは丁度いま蒸籠から
あげたばかりの温い饅頭。

ボコは、けふ三月一日の
誕生日を祝ふ。

雪のすり鉢の底で

こたつには炭がいつぱい。
膳には、猟夫がもつてきた
山鳩と鶫の焼肉。
よいチヤコがボコを
浮世から忘れさせる
苦心の人生献立。
それでボコはたのしさう。
――毎日これだつたら
戦争がいくらつゞいてもいゝね。

さうだとも、戦争なんか
本来関係はないんだよ。

ボコと浮世とのあひだには
それをへだてるもの
本の山がある。

ボコの若さは
本のなかであそぶ。
ボコのこひびとも
本のなかにゐて微笑む。

ボコを本に与へる方が
まだしもだ。
戦争にやるよりは。

弱いボコ

ボコは数枕を重ねて、
それにひぢをつき、
笛のやうに胸を鳴らせる。
としよりのやうな持病のボコ。

ボコは寒がりで、いたがりで、
からだをうごかすことがきらひで、

釘一つうつことをしらないで、
たゞひきこもる。炬燵のなか。

ボコは臆病ものだ。針でついた
じぶんの血に卒倒しさうになる。
ボコは飛行機が嫌ひだ。
飛行機の好きな人間迄嫌ひだ。

ボコは喧嘩したことがない。
気の荒い同年輩のなかで
こそこそとにげてしまふ。
ボコは、意地などなんとも思はぬ。

いつからボコはさうなつた。
宿病《しゆくあ》を遺伝したのは、じつは私だ。
——臆病になれ、と教へたのも、
また、この私だつた。…………。

ボコをつれて私がゆかうと思つてるのは、
別の所だ。みんなとは、
同病憫む父子二人は、
アドレナリンを注射しあひ乍ら、

われ〳〵弱い人間ばかりの

住みよい世界を空想する。
そして毎日変る世界地図を、
ぬりかへることで結構いそがしい。

おもひでの唄

母はボコを抱いてゐた。
甘い乳のにほひと、
ぬれた薔薇《ばら》の柔さ。
父はそれを抱きとつた。

蒼空のなかに
ボコをさし上げれば、

天使がきてすぐ、
それを抱きとつた。
父は破れた丹前《どてら》の
ふところのなかに入れ歩いた。
ボコはそこで
すやすやと眠つた。

父と母の貧乏も、
愛の苦汁も、
ボコにはよそごとだつた。
父と母がゐるならば。

それから二十年たつた。
父と母とは、猶、
大人になつたボコから
乳と薔薇を味はふ。

よそのボコたちが
父や母の手から
むりやりもぎ離され、
屠場に曳づられるとき、

わるい教育が、

気をへんにする嗅薬が、
人間の悲しみをも、
うかれた唄でごまかす時、
父は、破れた丹前の
ふところに庇はうとする。
おびえて、
蒼ざめたボコを。
母も唇をふるはせて、
天使のゐない青空をみる。
ひくくまひさがつた一機が

掃射していつたあと。

青の唄

レンズの青さが
湖をふちどる。
青ぞらのなかの
青い冨士。
希臘《ギリシヤ》の神々のならぶ
冨士。

その清澄のなかに
僕ら三人はくらす。

つみあげた本の高さが
ボコをみおろす。

こゝろの奈落をのぞいては
父は、むなしい詩をつくる。

チヤコはひとりで、
ペネロペの糸をつむぐ。

だが、三人のこゝろは、
青さに煙る。
神々をかるがるとさせる
その透明な光の。
僕ら三人は肉体を
明るい精神に着換へる。
光で織つた糸の
玉虫いろの衣。
僕ら三人は、この世紀の

惨酷な喜劇を傍観する。
僕らはもう新聞もいらない。
それは、遠くを霞ませる
青一いろ。——おゝ、国よ。
この三人を放してくれ。

国籍から。
法律の保護から
国土から。
僕ら三人を逐つてくれ。
あの青のなかに

永遠にとけてゆくため。
もしくは三輪の小さな
をだ巻の花となるため。

希望

戦争がすんだら、とボコはいふ。
パリーの図書館に引こもりたい。
戦争がすんだら、と父はいふ。
どこでもいゝ国でない所へゆきたい。
戦争がすんだらとチヤコはいふ。

飛行機で世界戦蹟をめぐるのだ。

戦争がすんだらと三人はいふ。

だが戦争で取上られた十年は、

どこへいつてもどうしてもとりかへ

されないのだ。

○

ボコ作

かいちいやうなこはいやうな
気短かなやうな気永なやうな
丈夫なやうな弱いやうな
ぜいたくなやうなけちなやうな
なまけもののやうな勉強家のやうな
おしやべりなやうなむつつりやのやうな

かしこいやうな、ぬけたやうな
神経質なやうな、のんき坊主のやうな
活潑なやうな不精もののやうな
それはチヤコ。
そして、それは、
父にもあてはまる。

チヤコの由来

チヤコはどこから来た。
天から来た。
袴をはいて、桜の徽章をつけて、
少年のやうな豊頬をして、
ひらりと舞下りてきた。

琥珀のパラソルももつて

靴もはいてゐた。
それから僕の肩に止り、
うでにうつつた。
だが、もつとよそへとんでゆくため。
しばらくそこで景色を眺めるため。

僕はその足に紐をむすび、
一方のはしを僕の心臓につないだ。
そこでチヤコがとび立たうとするたび、
僕の心は痛んだ。ひつつつた。
チヤコはそれをみて驚き、

羽搏いては戻つてきた。
僕はいつた。〝こゝにおいで。
こゝにだつて自由はあるよ。〟

あゝ。それから二十年。
チヤコはもう僕の肩を
すみかとしてなれてしまつた。
〝もうどこへいつても、
新しい天地を見出すにおそい。〟

それに、チヤコには、
ボコがゐるのだから。

ボコからはなれることは
生きてゆく意味をなさないから。

だが僕は時々かひないことをおもふ。
チヤコを花びらのやうに
もつと勝手にたゞよはせたら、
のみすぎる位青春をやつたらと。

チヤコの眼から
青春の憧がなくなるのは
いちばんさびしい。
墓までもつてゆく青春。

あんなにおだやかなチヤコの眼には
ボコがうつつてゐるだけだ。
チヤコは、このうへないといふ。
だが、僕は何だか淋しい。

金子光晴（森三千代・森乾）略年譜（年齢はすべて満年齢）

一八九五（明治二八）年
一二月二五日、光晴、愛知県海東郡越治村（現・津島市下切町）に廻船問屋を営む大鹿和吉、りょうの三男として生まれる。本名・安和。
一八九八（明治三一）年　三歳
土木建築業・清水組名古屋出張店主任、金子荘太郎の妻・須美に気に入られ、金子家にもらわれる。
一九〇一（明治三四）年　六歳
四月一九日、森三千代、愛媛県宇和島佐伯町に国語漢文教師の森幹三郎ととくの長女として生まれる。五月、光晴、荘太郎の京都出張店主任栄転にともない、京都市上京区東竹屋町に移住。一一月、金子家の正式な養子となる。
一九〇六（明治三九）年　一一歳
六月、荘太郎の東京転勤にともない、東京市京橋区銀座三丁目に仮寓する。泰明尋常高等小学校へ入学、悪ガキの大将となる。この年、銀座竹川町のプロテスタント教会で洗礼を受ける。また、幼少より絵が得意で、浮世絵師・小林清親に弟子入りする。

一九〇七（明治四〇）年　一二歳
六月、牛込区新小川町の古い邸宅に移住、津久戸尋常高等小学校高等科二年に転校。一一月、友人と家出し、アメリカへの密航をもくろみ、横浜、横須賀を放浪する。
一九〇八（明治四一）年　一三歳
四月、暁星中学校へ入学。漢学に傾倒する。
一九一四（大正三）年　一九歳
三月、暁星中学校卒業。四月、早稲田大学高等予科文科へ入学。
一九一五（大正四）年　二〇歳
二月、早稲田大学を中退。四月、東京美術学校（現・東京芸術大学）予備科日本画科に入学。八月、除名。九月、慶應義塾大学文学部予科へ入学。その後、肺尖カタルで三ヵ月病臥。このころ、保泉良弼、良親兄弟の勧めで詩作を始める。
一九一六（大正五）年　二一歳
六月、病状快復せず、慶應義塾大学除籍。一〇月、胃がんを宣告されていた義父・荘太郎、逝去、享年四八。多額の遺産が入る（四年ほどで蕩尽）。
一九一七（大正六）年　二二歳
新小川町の邸宅を整理し、牛込区赤城元町の借家へ移る。
一九一九（大正八）年　二四歳
一月、第一詩集『赤土の家』を刊行。二月、第一次洋行に出発（リバプール着後、ロンドン、ブリュッセル郊外ディーガム、パリ等へ滞在）。

一九二一（大正一〇）年　二六歳
一月、帰国。このころより、「金子光晴」のペンネームを使い始める。
一九二三（大正一二）年　二八歳
七月、詩集『こがね蟲』を刊行。九月、関東大震災に遭遇し、名古屋、大阪を流浪する。
一九二四（大正一三）年　二九歳
一月、帰京。三月、三千代（二二歳）の訪問を受ける。このとき、三千代は東京女子高等師範学校（お茶の水女子大学の前身）在学中。七月、ふたりで碇ヶ関などに新婚旅行。九月、三千代の妊娠が学校に知れる。
一九二五（大正一四）年　三〇歳
二月、光晴と三千代、正式に結婚。一子、乾誕生。赤貧状態で借家を追い出され、乳児脚気になった乾を長崎の三千代の実家に預け、旅館を泊まり歩く。
一九二六（大正一五・昭和元）年　三一歳
三月、光晴と三千代、一ヵ月ほど上海に逗留し、名勝地を観光する。一二月、高円寺、中野雑色に移住。
一九二七（昭和二）年　三二歳
五月、光晴と三千代の共著『鱶沈む』（詩集）を刊行する。七月、『水の流浪』（光晴）、『龍女の眸』（三千代）と『鱶沈む』の合同出版記念会が上野で開かれる。
一九二八（昭和三）年　三三歳
二月、乾を長崎の三千代の実家に預け、光晴、国木田虎雄（詩人、国木田独歩の子）夫妻と約三ヵ月間、上海に遊ぶ。留守中、三千代は美術評論家・土方定一と恋に落ちる。五月、中野雑色を夜逃げし、早稲田鶴巻町のうなぎ屋に借家。九月、光晴と三千代、ヨーロッパに向け東京を出発。名古屋、大阪、長崎を経て、一一月、長崎から上海へ渡り、滞在。上海で金策に奔走する。

一九二九（昭和四）年　三四歳

三月、上海、五月、香港で画展を開く。六月、シンガポールへ。七月、金策のため、ジャワ島へ渡る。一〇月、シンガポールへ戻り、三千代を先に渡欧させる。一一月、マレー半島のバトパハの日本人クラブを拠点に半島をめぐる。この旅で詩人としての変容を遂げる。同月、シンガポールからマルセイユへ出航する。

一九三〇（昭和五）年　三五歳

一月、ひと足先にパリ六区リュー・ドゥ・トゥルノンに住んでいた三千代と合流。二月、パリ南西郊クラマールへ、五月、十三区ポート・オルレアンへ移る。武林無想庵夫妻、藤田嗣治らと知り合う。七月、十四区ダゲール街へ移る。一一月、三千代、ベルギーのアントワープに仕事を見つけ、パリを去る。

一九三一（昭和六）年　三六歳

一月、光晴、第一次洋行時に世話になった親日家のイヴァン・ルパージュを頼って、ブリュッセル郊外ディーガムへ。三月、三千代と便宜上、協議離婚の手続きをする。八月、サンジョス区リューヴェル・ボカーベンで三千代と自炊生活を始める。

一九三二（昭和七）年　三七歳

一月、光晴、三千代を残して帰国の途につく。二月、シンガポールで下船。四月、三千代がシンガホールに現れるが、そのまま日本へ帰国。五月、光晴帰国。「新宿アパート」近くの「竹田屋」に仮寓。三千代は帰国後、作家としての歩みを始める。また、中国の青年将校・紐先銘と恋仲になる。

一九三三（昭和八）年　三八歳

六月、光晴、浅草の泡盛屋で山之口貘と会う。以降、終生の友となる。光晴の実妹・河野捨子が設立した化粧品会社「モンココ」に顧問として参加、広告などを担当し、生活が安定する。乾を呼び寄せ、牛込余丁町の借家に三人で暮らし始める。

一九三四（昭和九）年　三九歳

九月、三千代、自分の小説を評した武田麟太郎に会いに行く。

一九三五（昭和一〇）年　四〇歳

六月、三千代、武田麟太郎と再会、九月、麟太郎に師事し、関係が始まる。同時に小説も売れ始める。光晴の詩「鮫」を読んだ「中央公論」の編集者・畑中繁雄が光晴に詩の寄稿を依頼、以降、「中央公論」が光晴の主要な発表媒体となる。

一九三七（昭和一二）年　四二歳

八月、光晴、反戦・抵抗詩の金字塔となる詩集『鮫』を出版。一二月、光晴と三千代の仲人で山之口貘の結婚式が行われる。光晴と三千代、天津、北京等を視察旅行する。

一九三八（昭和一三）年　四三歳

一月、八達嶺（万里の長城）から北京へ戻り、帰国。三月、吉祥寺に終の棲家を建て、移住。

一九四〇（昭和一五）年　四五歳

一〇月、『マレー蘭印紀行』を刊行。
一九四一（昭和一六）年　四六歳
四月、三千代、小説「蔓の花」で文壇的地位が定まる。一二月、光晴、真珠湾攻撃の報をラジオで聞き、「馬鹿野郎だ」と怒鳴る。
一九四二（昭和一七）年　四七歳
一月、三千代、対仏印日本婦人文化使節として空路フランス領インドシナへ。ハノイ、ユエ、サイゴン、アンコール・ワットなどをめぐり、四月、帰国。七月、光晴、大東亜文学者大会の準備委員会に出席、異議を申し立てる。詩「海」を「中央公論」に発表後、中央ジャーナリズムから遠ざけられ、以後、反戦・抵抗詩を発表しないままノートに書き続ける。
一九四三（昭和一八）年　四八歳
八月、三千代、『小説　和泉式部』で新潮社文芸賞を受賞。
一九四四（昭和一九）年　四九歳
四月、乾、徴兵検査に第二乙種合格。八月、山之口貘一家が二ヵ月ほど同居。一一月、乾に召集令状が届くも、喘息を装い、召集を免れる。一二月、一家で山中湖畔中野村平野（現・山中湖村平野）にある平野屋旅館のバンガローへ疎開。
一九四五（昭和二〇）年　五〇歳
三月、乾に二回目の召集令状が来るも、前回同様、入営を免れる。岡本潤父娘が訪れる。六月、義母・須美、逝去。
一九四六（昭和二一）年　五一歳

三月、平野を引き上げ、吉祥寺に戻る。四月、乾、早稲田第二高等学院へ入学。
一九四八（昭和二三）年　五三歳
三月、光晴、元海軍中将・大川内伝七の娘で詩人志望の大川内令子（二五歳）の訪問を受け、以降、恋愛関係が続く。四月、詩集『落下傘』、九月、詩集『蛾』を刊行。
一九四九（昭和二四）年　五四歳
三月、乾、早稲田第二高等学院を修了し、四月、早稲田大学第一文学部英文科三年へ編入学。五月、詩集『女たちへのエレジー』を刊行。夏、三千代、かつての恋人、紐先銘と約一五年ぶりに再会。このころより三千代は全身の関節リュウマチに罹り、以後、半臥生活となる。
一九五一（昭和二六）年　五六歳
三月、乾、早稲田大学を卒業、四月、早稲田大学大学院文学研究科仏文学専修へ進む。
一九五二（昭和二七）年　五七歳
五月、令子の故郷、佐賀県久間村へ行き、大川内伝七から令子との結婚の許しを得る。一二月、自伝的詩集『人間の悲劇』を刊行（翌五三年、読売文学賞を受賞）。
一九五三（昭和二八）年　五八歳
三月、令子との婚姻届を提出。一二月、令子に無断で離婚届を提出し、三千代と再入籍。
一九五四（昭和二九）年　五九歳
九月、乾、パリ大学（ソルボンヌ）に留学。
一九五六（昭和三一）年　六一歳
六月、乾、留学より帰国。

一九五七（昭和三二）年　六二歳
「ユリイカ」八月号で「金子光晴研究特集」が組まれる。八月、自伝『詩人』を刊行。
一九五八（昭和三三）年　六三歳
一二月、三千代に無断で離婚届を提出、令子と再入籍。
一九五九（昭和三四）年　六四歳
三千代、令子との三角関係をモデルに描いた「去年の雪」を「群像」五月号に発表。
一九六〇（昭和三五）年　六五歳
七月、『金子光晴全集』第一巻（全五巻、書肆ユリイカ刊）を刊行（六九年、完結）。
一九六一（昭和三六）年　六六歳
三千代、病状が悪化し、入退院を繰り返す。光晴、排便や風呂の世話をする。
一九六三（昭和三八）年　六八歳
六月、乾、井上登子と結婚。七月、山之口貘、胃がん闘病の末、逝去。享年五九。光晴が葬儀委員長を務める。
一九六四（昭和三九）年　六九歳
六月、乾と登子の長女、若葉誕生。八月、光晴の門人を中心にした詩誌「あいなめ」が創刊される。
一九六五（昭和四〇）年　七〇歳
三月、光晴、令子と協議離婚。三千代と三度目の婚姻届を提出、森家に入籍。五月、詩集『IL』（翌六六年、歴程賞受賞）、九月、評論『絶望の精神史』を刊行。

一九六七（昭和四二）年　七二歳
このころから右翼の脅しが始まる。また、原稿依頼が殺到し、対談、座談会などへも一一回出席。四月、詩集『若葉のうた』を刊行。このころより、抵抗とエロスのおもしろい詩人として人気を博す。六月、『定本金子光晴全詩集』、七月、訳詩『ランボオ詩集』を刊行。
一九六八（昭和四三）年　七三歳
七月、乾と登子の二女、夏芽誕生。一〇月、詩集『愛情69』を刊行。
一九六九（昭和四四）年　七四歳
五月、軽い脳卒中で半月ほど入院。六月、狭心症で半月ほど入院。
一九七〇（昭和四五）年　七五歳
二月、「あいなめ」三〇号で終刊。
一九七一（昭和四六）年　七六歳
五月、自伝『どくろ杯』、九月、小説『風流尸解記』（翌七二年、芸術選奨文部大臣賞を受賞）を刊行。
一九七三（昭和四八）年　七八歳
一〇月、自伝『ねむれ巴里』を刊行。
一九七四（昭和四九）年　七九歳
五月、理髪店の帰りに高血圧で倒れるも、二週間ほどで快復。七月から雑誌「面白半分」の半年編集長を務める。一一月、自伝『西ひがし』を刊行。光晴、この年、一四七本の原稿（語り含む）、一一本の対談・座談会などを精力的にこなす。

一九七五（昭和五〇）年
六月三〇日、吉祥寺の自宅にて、気管支喘息による急性心不全で逝去、享年七九。
一九七七（昭和五二）年
六月二九日、三千代、脳血栓にて逝去、享年七六。八王子の上川霊園に光晴とともに埋葬される。
一九九五（平成七）年
乾、早稲田大学教授を定年退任（早稲田大学名誉教授に）。
二〇〇〇（平成一二）年
五月三〇日、乾、逝去。享年七五。
二〇〇二（平成一四）年
五月、乾の遺稿を集めた『父・金子光晴伝　夜の果てへの旅』が刊行される。

※年譜は、原満三寿『評伝　金子光晴』（二〇〇一年一二月刊、北溟社）所収の「金子光晴　略年譜」をもとに作成し、適宜、『絶望の精神史』（一九九六年七月刊、講談社文芸文庫）所収の「年譜」（中島可一郎作成）、および『金子光晴全集　第一五巻』（一九七七年一月刊、中央公論社）所収の「年譜」を参照しました。

（編集部編）

本文挿画　山梨県平野へ疎開中に描いた光晴のスケッチ帳より

底本　『詩集「三人」』金子光晴　森三千代　森乾（二〇〇八年一月、講談社刊）

詩集《ししゅう》「三人《さんにん》」
金子《かねこ》光晴《みつはる》・森《もり》三千代《みちよ》・森乾《もりけん》

二〇一九年五月一〇日第一刷発行

発行者――渡瀬昌彦
発行所――株式会社　講談社
東京都文京区音羽2・12・21　〒112-8001
電話　編集（03）5395・3513
販売（03）5395・5817
業務（03）5395・3615

デザイン――菊地信義
印刷――豊国印刷株式会社
製本――株式会社国宝社
本文データ制作――講談社デジタル製作

定価はカバーに表示してあります。

講談社
文芸文庫

ISBN978-4-06-516027-5

加藤典洋

完本 太宰と井伏 ふたつの戦後

一度は生きることを選んだ太宰治は、戦後なぜ再び死に赴いたのか。師弟でもあった二人の文学者の対照的な姿から、今に続く戦後の核心を鮮やかに照射する。

解説＝與那覇 潤　年譜＝著者

かP4

978-4-06-516026-8

金子光晴

詩集「三人」

一九四四年、妻森三千代、息子森乾とともに山中湖畔へ疎開した光晴が、三人の詩を集めて作った私家版詩集。戦争に奪われない家族愛を希求した、胸を打つ詩集。

解説＝原 満三寿　年譜＝編集部

かD6

978-4-06-516027-5